Nic
I NIC
BOUM!
BOUM!
Ça c'est à moi !

Le journal d'Aurélie Laflamme

Extraterrestre... ou presque

D'après les romans d'India Desjardins
Adaptation : Véronique Grisseaux
Illustrations et graphisme : Laëtitia Aynié

Michel Lafon
Miss Jungle!

Véronique et Laëtitia, équipe de feu qui a si bien capté l'univers d'Aurélie.
Elsa Lafon, qui réussit toujours à me « brasser la cage ».
Florence Maine, toute l'équipe de Michel Lafon ainsi que toute l'équipe de Jungle pour ce beau projet.

India

Merci à Véronique, India & Aurélie, Jungle... une équipe
de choc Forever and ever.

Laëtitia

Quel plaisir d'avoir travaillé sur cet album !
Merci à Laëtitia, Florence, Mélanie, Héloïse et Estelle.
Et merci India de m'avoir confié Aurélie !

Véronique

D'après l'œuvre originale « Le journal d'Aurélie Laflamme » d'India Desjardins.
D'après les romans, tome1 Extraterrestre...ou presque !
et tome 2 Sur le point de craquer ! parus aux éditions Michel Lafon.

Adaptation BD : Véronique Grisseaux
Dessin, couleurs & graphisme : Laëtitia Aynié

ISBN : 978-2-822-20409-5

Première édition : Août 2015
Jungle est une filiale du groupe Steinkis.

Première édition - Août 2015.
Imprimé en France par Pollina s. a. Luçon - L73073. Dépôt légal : Août 2015.

SEPTEMBRE

La fin du monde

- Mardi 13 septembre -

19 h 05 :
Parfois je me sens seule dans l'univers. Je n'ai aucune affinité avec personne, sauf avec ma meilleure amie Kat, mais depuis qu'on s'est disputées pour une bêtise, on ne se parle plus. Il y a bien ma mère (elle est en bas, dans la cuisine, en train de faire de la sauce bolognaise, et ça sent trèèèès bon), mais je ne peux pas vraiment tout lui dire et, parfois, elle m'énerve. Comme en ce moment.

19 h 10 : Ma mère m'appelle pour me dire que le dîner est prêt.

19 h 12 : OK, je vais descendre manger... Mais avant, il faut que je précise que je suis punie, parce que j'ai commis une petite, disons "erreur de comportement" à l'école. Franchement, ma punition n'est pas méritée. J'ai juste fait une petite blague à la prof de maths (qui, soit dit en passant, est vraiment chiante depuis le début de l'année). Elle a crié en classe : "Il faut suivre la méthode de travail, sinon vous allez manquer le train pour le brevet !" Et j'ai répondu : "On prendra le bateau..." Et je me suis retrouvée dans le bureau du directeur :

19 h 16 : Bon, faut que j'aille dîner.

20 h 35 : Bon... Ma mère a décidé que ma punition serait de ne pas avoir le droit de regarder "Les Frères Scott". Pfffff ! Chuis dégoûtée ! En plus, elle m'a dit que Denis Beaulieu voulait la rencontrer demain pour lui parler de mes notes. Tsss! J'étais déjà en train de le détester intérieurement lorsqu'elle m'a dit : "Il est mignon".

Mignon beau ? Ou mignon gentil ? Ark ! Elle en pince pour lui ou quoi ?!

22 h : Ma mère est entrée dans ma chambre et m'a vue pleurer. Elle m'a dit qu'elle ne savait pas que "Les Frères Scott" c'était si important pour moi et m'a permis de le regarder sur son ordi. Mais je ne pleurais pas pour ça. Je pleurais, car je pensais à mon père qui n'est plus là...

Jeudi 15 septembre
Si j'allais dans une école mixte, j'aurais peut-être plus d'amis !
Collège Privé
Salut Aurélie !
Salut Rosalie !
En cm2, j'étais copine avec Rosalie Moisan. C'était ma meilleure amie à cette époque...
Mais ça a vite changé à la suite de ce qui s'est passé !
Te gêne pas Aurélie !
Qu'est-ce que tu fais là ? Tu sais que c'est mon petit ami !
Désolée... Mais bof garde-le, il a trop mauvaise haleine !

Les garçons m'énervent grave, c'est pour ça que je préfère quand même être dans une école de filles!
WC
Ah merde... Kat est encore fâchée!
TIC TAC
Ça va faire cinq jours, quatre heures et dix secondes qu'on est en froid!
TIC TAC
Aurélie... Ta mère t'a dit que je l'avais appelée pour lui dire que tu pourrais avoir de meilleurs résultats si tu te forçais un peu?
Absents
M.. JAMBON
Mme GAGNON
Heu... Oui, Monsieur Beaulieu!
Très bien... retourne en classe maintenant!
CLUB PHOTO
Comment ma mère peut le trouver charmant?
J'hallucine!
Si elle tripe sur Denis Beaulieu, alors là je suis f-i-n-i-e!
DRI IING!

Vendredi 23 septembre, 12 h 20
OK, j'avoue: manger dans les toilettes, c'est pas l'idéal mais bon, c'est l'endroit le plus sûr pour ne pas être repérée quand on est seule !
À part Kat, je ne vois pas avec qui je peux déjeuner à la cafète.
C'est quand même grâce à sa gomme magique que j'ai réussi l'examen d'entrée au collège.
Et que Kat et moi on est devenues amies !
Sur la gomme... la règle du participe passé accordé avec "avoir"... Tiens, t'as qu'à recopier !
Merci !
Dire qu'on s'était promis juré de rester les meilleures amies du monde !
les "4 ever and ever !"

Pfff! C'est stupide de se faire la gueule...
Tout ça à cause de Britney Spears!
Dimanche 18 septembre
Dance Dance Revolution
TURBO
Go Kat! trop cool!
Wow!
Elle assure!
Oui, elle danse super bien! C'est un peu grâce à Britney Spears!
Dance Dance Revolution
TURBO
Tu connais la règle, Aurélie! Ne JAMAIS dire qu'on a déjà tripé sur Britney Spears ni sur les boys band... À cause de toi j'ai eu la honte de ma vie!

J'ai envie de lui dire que l'affaire Britney Spears c'est carrément nul !
C'est vrai, quoi, j'ai juste fait une gaffe.
C'est sorti tout seul de ma bouche, parce que j'étais trop fière de sa performance sur le Dance Dance Revolution !
C'est pas comme si j'avais révélé qu'elle avait de l'acné sur tout le corps ! En plus elle en a pas...
Je devrais peut-être lui montrer les réponses de mon test dans "Miss Magazine" qui disent que nous sommes faites pour être amies pour la vie.
Miss Magazine
Test
friend 4-ever
Êtes-vous amies pour la vie ?
Pas toujours facile d'être amies !
Mais c'est en franchissant des obstacles qu'on approfondit nos liens.
Fais le test pour découvrir si votre amitié est faite pour durer !
Best friend
1 : L'UNE DE VOUS DEUX CONFIE UN SECRET À L'AUTRE, QU'ARRIVE-T-IL ?
A : IL FAUDRA DES ARCHÉOLOGUES POUR DÉCOUVRIR CE SECRET DANS 1 MILLION D'ANNÉES !
B : TU PEUX LUI FAIRE CONFIANCE, MAIS TU NE LUI DIS RIEN, JUSTE AU CAS OÙ.
C : TOUTE L'ÉCOLE LE SAURA DÈS LE LENDEMAIN !
2 : TON AMIE TROUVE TON PETIT AMI TROP CRAQUANT :
A : ATTENTION DANGER... MON AMIE PEUT DEVENIR UNE RIVALE.
B : MA MEILLEURE AMIE NE SORTIRA JAMAIS AVEC MON PETIT AMI
C : EH BIEN, LES SORTIES AVEC MON PETIT AMI SE FERONT SANS ELLE.

Samedi 24 septembre, 11 h 30
Aurélie, tu es prête ? On va déjeuner chez ta grand-mère !
Pourquoi tu m'obliges à aller chez Grand-mère Laflamme ?
Tu sais bien que tu es la seule personne qui puisse rappeler à ta grand-mère son fils…
POP STAR
C'est-à-dire ton père !
Dans dix minutes, on est dans la voiture !
Allez !
Je me souviens que le jour où j'ai appris que je ne verrais plus mon père, il faisait super froid. C'était un 21 janvier, il y a déjà cinq ans, j'avais 9 ans !
Il est parti le matin travailler et semblait aller bien, et, le soir, il n'était plus là. Décédé. Embolie pulmonaire.
Je regarde souvent les étoiles et j'imagine que mon père n'est pas décédé, mais qu'il est un extraterrestre de retour sur sa planète.
COOKIES

Jeudi 29 septembre
Pschitttt!
Oh! Merde!
C'est la voix de Kat!
Kat?
Tu manges dans les toilettes?
Pas besoin de te moquer de moi!
Je mange dans les toilettes, moi aussi!
Chut... il y a quelqu'un qui rentre!
Tu sais que la fin du monde est annoncée pour 15 h 12 cet après-midi!
Oui, j'ai vu ça sur Internet, une prédiction de Nostradamus!
Viens, faut prévenir tout le monde!
WC
Je m'ennuie de toi!
Moi aussi!

Tu t'es splouché toute ta canette dessus !
Ouais, j'ai une tache maintenant...
Tu penses que c'est la fin du monde pour de vrai, toi aussi ?
Ben voyons ! Justine et Marilou disent toujours n'importe quoi !
On devrait avertir M. Beaulieu que ça va être le chaos cet après-midi !
Ah non, pas lui !
Pourquoi ?
Parce que j'ai l'impression qu'il drague ma mère !
T'es en plein délire !
Pas question que ma mère se mette à sortir avec le directeur...
40 % de la planète est constituée d'hommes, ça lui laisse une masse de choix !
Ouais... Allez viens, on sort d'ici !
Suite à la rumeur de fin du monde...
les filles qui n'iront pas en classe auront une retenue !

OCTOBRE

Des astres non favorables

Si mon père est un extraterrestre, peut-être que moi, Aurélie Laflamme, j'en suis une aussi, et qu'un jour il viendra me chercher...

-Samedi 1er octobre-

9 h 05 : il n'y a pas eu de fin du monde !
La vraie fin du monde, ça aurait été de ne jamais me réconcilier avec Kat (ou que ma mère m'oblige à nettoyer le frigo...)

9 h 10 : J'ai raconté hier soir à ma mère l'affaire de la fin du monde et après j lui ai dit que j'avais eu 6/10 à un test sur les participes passés et que c'est moi qu avais eu la plus mauvaise note de la classe. Avec un clin d'œil, elle m'a dit : "Ce n'est pas la fin du monde !" On a ri.
Mais elle a tout gâché en ajoutant : "Tu n'as pas fait la vaisselle ?"

Note à moi-même :
"Je me demande à partir de quel âge ma mère a commencé à triper sur le ménage."

Note à moi-même n° 2 :
"M'assurer que ce n'est pas héréditaire."

Note à moi-même n° 3 :
"Si ça l'est, tenter de consacrer les prochaines années de ma vie à la recherche d'un vaccin contre l'obsession du ménage."

13 h : J'ai rendez-vous avec Kat à la salle de jeux dans dix minutes. Elle a insisté pour que je danse sur le Dance Dance Revolution sur "Oups, I did it again" de Britney Spears. Pour me faire pardonner...
Je croyais que notre embrouille était maintenant une affaire classée !
Le problème, c'est que Kat est super bonne à ce jeu... Mais pas moi
Ça va être assez humiliant. Bon, faut que j'y aille, on a RDV devant la salle de jeux à 13 h 10...

Samedi 1er octobre, 13 h 20
T'es OK, hein? Pour te faire pardonner, tu vas danser sur "Oups, I did it again" de Britney Spears!
Bonjour la vengeance débile!
Allez! Un pied à gauche... deux fois en arrière!
Oups! Je fais tout de travers... Franchement, je pensais que notre embrouille était réglée!
OUPS, I DID IT AGAIN...
Pas tout à fait réglée... je vais dire à tout le monde qu'AURÉLIE TRIPE SUR LA PETITE SIRÈNE!!!
Arrête! Sinon je dis que tu mets des KLEENEX DANS TON SOUTIF!
Ha! Ha! Ha!
Vous deux vous sortez... On n'entend que vous ici!
SÉCURITÉ
Ha! Ha!
DEHOOORS!
AURÉLIE DORT SUR UNE TAIE D'OREILLER ROBERT PATTINSON!
Et KAT A UN POSTER DE SIMPLE PLAN!
Ha! Ha!
ouvert
Waouh!
Le sosie de Ryan Sheckler!
Miss Magazine
LE PORTRAIT DU MOIS :
RYAN SHECKLER
MAIS QUI EST RYAN SHECKLER ?!
Ryan Sheckler EST UN CHAMPION DE SKATE.
SIGNE ASTROLOGIQUE : CAPRICORNE
SIGNES PARTICULIERS : IL ADORE TOUS LES FILMS DE LA SÉRIE "JAMES BOND". IL EST PASSIONNÉ PAR LES SCIENCES.

Faites qu'il ne voie pas mon tampon!!! Faites qu'il ne voie pas mon tampon!!!
Tiens, ton agenda!
Ah merci, mais euh, c'est pas à moi!
Et ton tampon, Je l'ai vu tomber de ton sac!
Tou-tou-lou-tou...
Ce n'est pas un tampon, ça!
C'est une flûte miniature portative!
Jeux
Désolée, j'ai vu qu'il t'intéressait. C'est la première chose qui m'est venue en tête pour t'éviter la totale humiliation!
Une flûte miniature portative...?
Salle de Jeux
Non! Il ne m'intéresse pas du tout! Tsss!

Dimanche 2 octobre
J'ai demandé à ma mère si elle pensait souvent à papa, elle m'a dit que ça la rendait triste de penser qu'il n'est qu'un squelette dans une tombe, mais qu'il devait être avec nous... en pensée. Puis elle a commencé à avoir des plaques rouges sur son cou et elle m'a dit d'aller me coucher...
Et j'ai passé ma nuit à faire du skate avec le sosie de Ryan que j'appelle maintenant Faux-Ryan (faute de connaître son vrai prénom).
Totalement improbable, donc bien un rêve, puisque je ne fais pas de skate !
Lundi 3 octobre, 8 h 00
Bien dormi ?
Je lui ai pourtant dit cent fois de ne pas me demander ça ! Elle est sourde ou quoi ?
J'ai fait le calcul, si je vis jusqu'à 95 ans et qu'au moins une personne par jour me pose la question, je vais devoir y répondre 34 675 fois. J'aimerais conserver mon don de parole pour des affaires plus utiles !
95x 365 =
34 675
Lundi 3 octobre, 8 h 25
Collège Privé
Collège -Privé-
Viens... on sèche le cours de géo !
Alors, ta mère a trouvé un amoureux ?
Ch'ais pas, mais elle a toujours les larmes aux yeux quand elle me parle de mon père... Toi t'es chanceuse, t'es née avec un kit familial complet : des parents, une sœur et un hamster !
Ah ! Bravo ! Vous n'êtes pas supposées être en classe ? Vous connaissez le règlement !
Retenue après l'école !
WC

Oh! Aurélie!
Tu diras bonjour à ta mère.
Voulez-vous que je dise bonjour à mes parents aussi, Monsieur Beaulieu?
WC
Mercredi 5 octobre, 14 h 20
J'te le dis, je pense vraiment qu'il se passe quelque chose entre Denis Beaulieu et ma mère!
Dance dance Revolution
Hé, ton skateur arrive
Salut!
R'garde la dame là-bas, on dirait qu'elle sort direct des années 80!
Ah oui! C'est hyperdémodé le croupette toupé, euh, poucrette coûté... touquette prouté... Aaah! Oublie ça... Bye!
Ch'uis trop nulle!
Dance Dance Revolution
Il sent trop bon l'assouplissant et le chewing-gum goût melon!
Assouplissant
CHEWING-GUM

Mercredi 5 octobre, 18 h 30
SIMPLE PLAN
Dis donc, pourquoi t'es partie comme une furie ?
J'ai fait une super gaffe et je voulais me cacher pour le reste de ma vie !
Peace and Love
Pas grave, parce qu'en te cherchant dans la salle...
j'ai rencontré un garçon !
J'vais le dire à maman !
Julyanne, il faut tout le temps que tu viennes me parasiter... Sors de ma chambre !
C'est ma sœur. Elle me... Grrr ... Heu !
M'maaaan !
Il s'appelle Jean-David Truchon, Truch pour les intimes, et il est super beau !
Truch, c'est pas vraiment génial comme surnom...
Ça fait un peu débile, non ?
Pas plus que Faux-Ryan, le garçon du tampon-flûte !
Ha ! Ha ! Ha !

Samedi 8 octobre, 10 h 15
J'vois Kat à la salle de jeux tout à l'heure. Et je dois m'exercer à saluer les gens de façon élégante au cas où je croise Faux-Ryan. Pas parce que je tripe sur lui, mais parce que j'dois retrouver ma dignité...
Salut! Bonjour! Yo!
Hey, t'as vu la fille avec le toupet crêpé, là-bas?
Samedi 8 octobre, 13 h 45
Bon, "hello" c'est mieux que "salut", il faut aussi que je rajoute un air de surprise appuyé par une élévation des sourcils!
OUVERT
Prix bas
Abonnement annuel ou mensuel
Salle de Jeux
Kat est avec Truch. Plan A, comme convenu, lui proposer d'aller faire du shopping pour montrer qu'elle est une fille populaire et indépendante!
Hé, Kat, c'est nul ici... On va faire du shopping?
Nan... Faire du shopping c'est vraiiiiment superficiel!
Faux-Rrr... Ryan
BAM!
Ben non, vas-y, on se reverra une autre fois!
Ciao!
Salut!
e-ooo!
Oh! Nooon... pourquoi ma voix ne sort pas?

- Samedi 8 octobre - 20 h 00 :
Récapitulation de ma vie :
Je suis née. 14 ans plus tard, j'ai perdu le don de la parole...
Suis-je en train de prendre une forme extraterrestre ?
Lundi 10 octobre, 7 h 30
Si je suis une extraterrestre, ma planète vient de pousser sur mon menton. J'ai un bouton grosseur Saturne... les anneaux en moins, heureusement !
DENTIFRICE
Crème
Lundi 10 octobre, 10 h 20
Équations
Tiens...
Aurélie, veuillez me donner ce mot !
MATH
Équations
"Aurélie, je suis folle de Truch, il faut absolument que tu m'aides à le revoir !
Viens avec moi à la salle de jeux ce soir, tu pourras en profiter pour revoir Faux-Ryan, je sais que tu tripes sur lui..."
Intéressant !!! Chez le directeur... direct !
Hi ! Hi ! Hi !
Hi ! Hi ! Hi !
Mais, euh... c'était un message codé !

Lundi 10 octobre, 19 h 25
J'ai raconté à ma mère qu'on a encore été faire un séjour dans le bureau de Denis Beaulieu, et je lui ai dit qu'il ne nous avait pas donné de retenue. Et tu sais ce qu'elle m'a répondu... "Oh ! Il est vraiment chou !"
Pour de vrai ?
Ouh là là, elle est vraiment accro !
Imagine qu'il soit un agent double allemand, ou qu'il soit marié !
Comment on pourrait faire pour avoir plus de détails sur la vie de cet homme louche qui sent la lotion après-rasage ?
J'm'en fous des amours de ta mère. Moi je suis amoureuse de Truch, il est trop chou !
Oui, je parle comme ta mère... c'est le langage de **l'amouuuur** !
Et toi, Faux-Ryan... tu tripes sur lui, hein ?
C'est ce que tu penses et que toute la classe croit maintenant par ta faute, mais c'est faux !
Salut, à d'main !
Mon bouton a pris une ampleur phé-no-mé-nale !

Mercredi 12 octobre, 11 h 30
Tout va mal à l'école ! J'ai l'impression qu'on m'a transplanté des neurones d'écureuil...
Non pas que je pense grimper aux arbres ou à emmagasiner des noisettes en prévision de l'hiver, mais j'ai l'impression que je ne comprends rien à ce que me disent les profs...
Et mon bouton est devenu une grosse croûte rouge-mauve, POUAH ! Heureusement qu'il m'est arrivé un truc bien hier soir... enfin presque bien !
Kat... fais semblant de parler avec moi... il... il arrive !
Blablabla... Ouais, il est trop génial dans ce film...
Salut !
Salot... Heu... ut, lo... Hello !
Ooooh !
Aurélie, arrête de sourire bêtement... il est parti ! Tu tripes sur lui. Je le sais !
Non !
Je tripe pas sur lui, les mecs ne m'intéressent pas, ils m'énervent !

NOVEMBRE

Planète love !

-Résumé de la fin du mois d'octobre (pas eu trop le temps ces derniers jours d'écrire mon journal, trop d'événements !) :

Mardi 18 octobre : Faux-Ryan s'appelle Nicolas. C'est grâce à Kat que je l'ai su. En allant chercher un milk-shake à l'épicerie, elle a vu une bande de mecs et l'un d'eux a dit "Hé ! Nic !" et Faux-Ryan est arrivé. Après, elle a croisé Truch et lui a proposé une gorgée de son milk-shake. Il paraît qu'il a pris une gorgée sans la quitter des yeux et qu'il lui a demandé son numéro de téléphone. Selon elle, il faudrait absolument que j'utilise ce truc du milk-shake avec Faux-Ryan. On verra ...

Mercredi 19 octobre : Mon bouton a disparu ce mercredi-là, grâce au jus de citron (remède de ma grand-mère), ça marche ! (probablement un hasard, selon ma mère)

Jeudi 20 octobre : C'est le jour où j'ai eu une prise de tête avec ma mère à cause du bordel dans la maison. Elle n'arrêtait pas de dire : "C'est à qui, ça ? C'est à qui, ça ?" En montrant mes affaires. J'ai eu l'idée de mettre des post-it partout dans la maison avec : " Ça, c'est à Aurélie", sur mes affaires et "Ça, c'est à France " sur les siennes.
Et elle a vraiment ri en voyant tous ces post-it.
Elle est cool quand même !

Vendredi 21 octobre : Kat a été invitée à une soirée d'Halloween, c'est un ami de Truch qui l'organise. Nicolas, alias Faux-Ryan, sera là aussi à ce qu'il paraît.
Je ne suis pas trop sûre de vouloir y aller.

Vendredi 28 octobre : J'ai trop attendu pour trouver mon costume d'Halloween... il ne restait plus que deux modèles au magasin : j'ai eu le choix entre... princesse et... Zorro. Ouais... Pas top !
Kat, elle avait trouvé quelques jours avant un déguisement de Catwoman.

Samedi 29 octobre : La soirée d'Halloween... Euh... Pffff ! La soirée où j'ai eu la honte de ma vie à cause d'un milk-shake !

Si jamais il y a une force supérieure qui dirige les êtres humains sur la planète, elle a décidé de s'acharner sur moi !!!!

Samedi 29 octobre, 20 h 00
2 945 976, c'est le nombre de fous rires depuis que tu m'as vue habillée en Zorro! Alors, remets-toi!
Hi! Hi! Hi!
HALLOWEEN PARTY
Samedi 29 octobre, 20 h 10
Si tu veux approcher Nicolas, va t'acheter un milk-shake et propose-lui!
Ouais, bonne idée... j'y vais!
Samedi 29 octobre, 20 h 16 à 20 h 40
HALLOWEEN PARTY
milk-shake
HALLOWEEN PARTY
milk-shake
Samedi 29 octobre, 20 h 42
C'est qui la fille?
C'est Marithé Roberge, vas-y quand même!
Impose-toi!
Samedi 29 octobre, 20 h 44
Cool ton déguisement de Zorro!
Samedi 29 octobre, 20 h 46
F'est pfafqu'il n'y affait pfas df'aufre dféguisefvement!
Ecouffte, fa danfer... moi jv'men vais df'ifi!
Je vais encore passer pour une extraterrestre!
Brain Freeze

Mardi 8 novembre
Depuis une semaine, Kat et Truch ne se lâchent plus, ils ne font que s'embrasser, c'est dégueu… ce bruit de clapotis… Beurk !
L'amour brûle des cellules dans le cerveau. C'est vrai. Kat est passée de fille indépendante, forte et solide, à guimauve-trop-cuite-sur-un-feu-de-camp. J'espère que ça ne m'arrivera jamais !
Pas de risque… faut dire que mon expérience de roulage de pelles est vraiment nulle. Toutes les fois que j'aurais pu embrasser quelqu'un, ça ne s'est pas vraiment concrétisé.
À 11 ans, William Dorion = baiser avorté pour cause de mauvaise haleine… et c'était le petit ami de Rosalie Moisan.
Beurk… il n'a pas utilisé de dentifrice depuis combien de temps !
À 11 ans et demi, Jean-François Michaud = en faisant nos devoirs ensemble, il allait m'embrasser, m'a pris la main tout doucement, et moi j'ai hurlé… je croyais que c'était une araignée.
Aaaaaartgh !
À 13 ans, Louis Martin Amyot = à une soirée action-vérité. J'ai finalement choisi de ne pas l'embrasser, il était trop laid et con.
Si tu gagnes… tu m'embrasses !
Oh ! Zut… j'ai perdu !
Jeudi 10 novembre
Ça fait 40 millions d'années que Kat et moi ne sommes pas allées à la salle de jeux, elle est toujours pendue aux lèvres de Truch… Je ne l'aime pas lui, il m'énerve !
Prix Bas
Salle de Jeux

Samedi 12 novembre, 20 h 00
Caprice, notre hamster a eu des bébés, ils sont hyperlaids.
Tout ça c'est la faute de Julyanne !
Elle a un ami qui a un hamster mâle et, sans le dire à personne, elle a organisé un rendez-vous de hamsters et il a... il a... violé Caprice !
L'ami de ta sœur a violé Caprice ?
Beh non, nunuche ! Le hamster !
Peace and Love
J'avais compris, c'était pour rire ! Et vous allez les garder ?
Non, mes parents ne veulent pas. Julyanne vit un drame, elle ne veut pas s'en séparer.
Moi, je n'ai pas le temps de trouver une solution pour caser ces petites bêtes, Truch et moi on est trop occupés !
Samedi 12 novembre, 21 h 30
Kat ! Échec sur toute la ligne, ma mère c'est NON ! Mes grands-parents n'en veulent pas, je ne vois plus que l'animalerie !
Ouais, j'en parle à ma sœur !

Lundi 14 novembre, 17 h 30
ANIMALERIE
Ma mère ne veut pas de hamster, mais elle accepterait peut-être que j'aie un vrai Nemo !
S'il vous plaît !
On n'a pas le droit de toucher les vitres des aquariums !
Aaah... Désolée ! Heu... Salut !
C'est une blague, tu peux toucher la vitre !
Tu... Tu travailles ici ?
Meeerde...
L'animalerie appartient à mon oncle, je donne un coup de main après les cours !
Le perroquet à dit : "Merde."
Ha ! Ha !
C'est Bono. Mon frère lui apprend à jurer.

Heu... Si j'apporte trois bébés hamsters, vous pouvez les garder ?
Ouais ! On les donnera à manger aux serpents !
Ha ! Ha !
Nan, je rigole ! Attends une minute, je vais en parler à mon oncle !
Deux minutes plus tard...
Ça marche pour les bébés... Hé, avant de partir, tu veux voir quelque chose de cool ?
OK !
Je viens juste de terminer de nettoyer la cage !
Oooooh ! C'est les plus mignons du monde !
Euh... Ben, tu peux revenir les voir quand tu veux.
MAOW!
MAOW!
D'accord ! Euh... faut que je rentre !
ANIMALERIE
Hé ! Tu ne trouves pas que Bono a la croupette toupé ?
Bon débarras ! Bon débarras !
Ha ! Ha !
PERDU
PUPPY

Vendredi 18 novembre, 20 h 43
Tu sais que tu es la nouvelle idole de ma sœur, depuis que l'animalerie accepte les bébés hamsters...
Aurélie, il faut que je te dise quelque chose!
Quoi?
Truch ne peut plus me voir...
Il ne peut ou ne veut?
Il n'y a qu'une lettre différente, mais ça change tout!
Il veut voir ses amis! Il m'a dit ça en se grattant le nez!
20:46
Je suis sûre que ses amis lui ont dit: "Hé, man, on ne te voit plus..." Ben oui, Kat et Truch sont toujours ensemble depuis des semaines!
Tu te souviens de l'article dans "Miss Magazine"? Il disait que quand un garçon se gratte le nez, il ment...
Il est amoureux d'une autre fille, j'suis sûre!

Samedi 19 novembre, 18 h 00
Zut...
Shlurp !!!
Horreur et consternation !
Ma mère porte des strings !
Denis Beaulieu oblige ma mère à porter des strings ! Beurk ! Lui qui ne veut pas que les filles en portent à l'école !
Samedi 19 novembre, 18 h 35
Toi, ta mère elle porte quoi comme culottes ?
Elle porte des petites culottes grandes comme des montgolfières, zéro sexy !
Pourquoi ?
Aurélie, tu sais quoiiiiiiiii...
Truch m'a offert hier un petit ourson avec un tee-shirt : I ♥ you !
Tu te rends compte ! C'est trop chouuuuuuu !
L'amour rend les gens débiles, différents et retardés !

-Mardi 22 novembre, 8 h 00

Wouah ! C'est bientôt Noël ! D'ailleurs, année après année, les décorations de Noël arrivent toujours un peu plus tôt ! Soit les organisateurs de Noël ont peur qu'on oublie la fête, soit le Père Noël est devenu tellement obèse à cause de tous ces biscuits que les gens lui laissent, qu'il est obligé de commencer sa tournée plus tôt vu qu'il a de la difficulté à entrer dans les cheminées...

Bon, ce que je viens de dire est une totale divagation, car je sais très bien que **le Père Noël n'existe pas.**

Ben dis donc, on peut dire que vous avez des conversations... profondes !
C'est tout le temps comme ça... mon Truchouminouuu...
Viens, Aurélie, on dégage de la chambre de la fouineuse !
JULYANNE
Smile
T'es un peu dure avec ta sœur, elle est cool, Julyanne !
Elle m'énerve, elle est toujours dans mes pattes... OK, on parle de Nicolas ?
J'ai l'impression qu'il s'intéresse à toi !
Ce serait cool que vous sortiez ensemble. On aurait chacune un petit copain ! Wahou !
Il ne s'intéresse pas à moi, et moi, je ne m'intéresse pas à lui. C'est juste que je le croise parfois !
C'est ça !!!
Et pourquoi tu deviens bizarre en sa présence, hein ?
Love
Pfff ! Il y aura une pluie de fourmis avant que je sorte avec lui !

NiC

DÉCEMBRE
Ma bonne étoile

- Jeudi 1er décembre - 18 h 30 : Ça y est, il y a des lumières de Noël sur les arbres et sur toutes les maisons du quartier ! Et les chansons de Noël ont commencé à passer à la radio. À chaque fois que je les entends, j'ai une petite pointe de tristesse dans le cœur. Ma mère aussi.

Mon père nous manque...

Cool ! Samedi on va acheter le SAPIN !

- Vendredi 2 décembre - 20 h 30 : Kat n'a pas voulu venir à l'animalerie avec moi déposer les bébés hamsters... Madame allait au cinéma avec Truch. Elle m'a dit : " Truch est tellement gentil ! Il me paie toujours du pop-corn ! " Bon, si elle veut devenir obèse, c'est son problème !
Personnellement, le pop-corn, je trouve que ça sent le vomi.

→ Les hamsters s'appellent : Bacon junior, Buffy et Bono.

Nicolas n'était pas au magasin, c'est une fille avec des cheveux rouges qui s'est occupée des bébés hamsters. Julyanne avait installé les bébés dans une boîte à chaussures avec un petit coussin de lit de Barbie...
Un peu la honte quand même !

J'ai revu les bébés chats, ils sont trop, trop mimi ! Il y a une petite chatte blanche avec une tache grise sur le front... trop craquante, je l'ai appelée Sybil. Elle est trop belle ! Mais... Échec total...

Ma mère ne veut pas que j'aie un chat ! D'après elle, c'est trop d'entretien, elle dit que je ne serai pas assez responsable et bla bla bla... Je me demande si elle est capable de penser à autre chose qu'à la propreté... et aux strings !

Samedi 3 décembre, 11 h 30
On aurait pu prendre la voiture !
Non, ça fait des saletés partout !
Sapin de Noël 10€
PHARMACIE
Pâtisserie
Samedi 3 décembre, 12 h 30
Je me demande ce que fait Denis Beaulieu aujourd'hui.
Tu penses à l'école même le week-end ?
Non… mais… euh… je t'ai vue discuter avec lui l'autre jour devant l'école !
De quoi vous parliez ensemble ?
Ben… de toi, pourquoi tu me demandes ça ?
As-tu encore des problèmes à l'école ?
Non, non !
Tant mieux ! Au fait, tu veux quoi à Noël ?
Un minou !
Non !
S'il te plaît… S'il te plaît… Je ferai tout ce que tu veux, la vaisselle, passer l'aspirateur…
NON

Samedi 3 décembre, 21 h 00
Tu sais quoi, Kat, ma mère vient de chanter "Vive le vent", et aujourd'hui à l'école j'ai croisé Denis Beaulieu qui fredonnait lui aussi la même chanson! Si c'est pas un signe? Ils sortent ensemble, j'te dis!
Totale coïncidence!
Hé, demain je viens à l'animalerie avec toi!
Jeudi 8 décembre, 17 h 00
J'espère que TON Nicolas est là!
Tsss, elle ne me convertira jamais à la secte des cerveaux ramollis!
Salut! Il y a eu un drame, il ne reste plus qu'un bébé hamster... Celui qui s'appelle Buffy a égorgé les deux autres!
Je te l'avais dit que leur père était un monstre!
Ooooh! C'est horrible!
Tu viens voir les chatons?
Ouiii!
Qu'est-ce que je vais dire à Julyanne?
Hé, les filles, il y a une soirée demain chez un pote que je connais... Ça vous tente de venir?
Ouais! Je peux venir avec mon petit copain?
Finalement! Kat n'a pas le cerveau si ramolli que ça, elle a dit à Julyanne que les bébés hamsters avaient tous été adoptés.

Vendredi 9 décembre, 20 h 30
Ah ! T'es venue ?
Oui !
Sauf qu'elle m'a convaincue d'aller à une fête où j'ai perdu le peu de dignité que j'avais gagné à l'animalerie avec Nicolas. Parce que j'ai eu le malheur de m'asseoir dans un pouf qui fait des bruits de
pets !
Vendredi 9 décembre, 20 h 33
Est-ce que tu veux danser ?
Euh... non. Je préfère rester ici !
Vendredi 9 décembre, 20 h 40
Pourquoi mon cerveau fonctionne à retardement ?
J'aurais dû rester chez moi et augmenter mon QI au lieu de venir ici passer la soirée dans un pouf !
Vendredi 9 décembre, 21 h 35
Qu'est-ce que tu fais là ?
Tout le monde te trouve bête et antisociale !
Je me demande qui est plus antisociale : moi, ou toi qui passes la soirée à rouler des pelles !
T'es vraiment coincée comme fille !
Oui, je suis coincée pour de vrai. Je ne suis pas capable de sortir du pouf !
Peux-tu m'aider ?

Vendredi 9 décembre, 23 h 00
Trop drôle l'épisode pouf ! Comment on peut rester coincé dedans ?
Gnagnagna... Ils m'agacent !
Ah ! Ah !
À demain !
Bisou ! Bisou !
Gnagna gnagna...
Tu sais, l'amour c'est magique ! Ça te fait sentir plein de petits papillons dans le ventre !
Plein de feux d'artifice dans ton cœur ! Tu ne devrais pas t'empêcher de vivre ça !
Bon, je te comprends, dans le fond, Nicolas n'est pas aussi bien que Truch et tu t'attends à trouver un garçon du même calibre !
Non ! Nicolas est super !
Il est mignon, il a de super beaux yeux et il sent bon l'assouplissant et le chewing-gum goût melon !
Ah ! Je le savais que tu le kiffais ! Je le savais !

Vendredi 9 décembre, 23 h 30
Faut que je fasse attention, Kat est amoureuse et elle mène une campagne de presse pour l'amour !
Et moi je me laisse influencer par sa pub. C'est tout ! C'est du lavage de cerveau !
Samedi 10 décembre, 10 h 30
Hummm, celle-là, je la garde !
M'man, j'ai une question à te poser...
Est-ce que tu sors avec Denis Beaulieu ?
J'ai accumulé plein de preuves !
Quoi ???
Mais non, je ne sors pas avec lui ! Pas du tout mon genre !
En fait, mes amies m'ont dit que ça me ferait du bien de rencontrer quelqu'un... alors j'ai commencé à sortir avec elles dans des bars...
Ah ! Ça explique les strings...
Tu fouilles dans mes affaires ?
Non, je suis tombée dessus par hasard ! Traumatisme total !
Bref, ça ne me plaît pas de sortir dans des bars, alors je me suis inscrite sur un site de rencontres sur Internet !
La honte !

Samedi 17 décembre, 13 h 40
bidibidi...
Aurélie, il faut absolument que tu viennes chez moi ! C'est une urgence !
Apporte ton maillot de bain !
Kat ??? Qu'est-ce qui se passe ?
Samedi 17 décembre, 14 h 02
Elle est dans sa chambre,
Hi ! Hi ! Hi !
Kat !!!!! Mais qu'est-ce qui t'est arrivé ?
Elle a mis trop d'autobronzant !
Ha ! Ha !
Je voulais reconquérir Truch en mettant de l'autobronzant. Il n'est plus comme au début, j'suis sûre qu'il me trouve moche.
Tu sais, Aurélie, je l'aime, c'est mon premier vrai amour.
T'es ma meilleure amie parce que t'es la fille la plus géniale du monde ! Si Truch ne s'en rend pas compte, il est juste idiot.
Toi aussi, t'es la fille la plus géniale du monde.

Mercredi 21 décembre, 15 h 02
Bravo Aurélie, tu as la meilleure note de la classe pour ton poème !
Yahouuuuu ! Je remonte ma moyenne !
Vendredi 23 décembre, 16 h 30
Trop cool !
C'est les vacances !
Je te laisse, il faut que j'aille acheter le cadeau de ma mère et après je passe à l'animalerie !
Collège -Privé-
Voir ton Nicolas... hein... c'est ça ?
Non... voir Sybil !
Ouais... C'est ça ! C'est ça !
Meeeerde ! Meeeerde !
Elle est où Sybil ?
Tous les chatons ont été adoptés. Désolé !
J'aurais aimé lui dire au revoir...

Mes impressions sur mon premier baiser :

Magique !

Waouh !

supeeeer !!!

À améliorer :

Boum ! Boum !

Choubidouda

Les battements de mon cœur.

Tenter de contrôler les tremblements de mes jambes.

D'ailleurs trouver une corrélation entre jambes et bouche.

I ♥ NIC

Samedi 24 décembre, 20 h 30
Ma belle grande fille,
Je tiens à te dire à quel point je suis fière de toi, je ne sais peut-être pas toujours comment te le montrer,
mais je te regarde grandir et je sais que tu vas accomplir de grandes choses. Si ton père te voyait aujourd'hui, il serait extrêmement fier de toi.
Tu m'as demandé où je croyais qu'il était maintenant... Eh bien je crois qu'il sera toujours avec toi, dans ton cœur pour toujours.
Joyeux Noël, Je t'aime très fort. Maman
Oh ! Maman... Moi aussi je t'aime fort !
J'ai un autre cadeau pour toi !
C'est quoi ?
Tadaaaaam !
Sybiiiiiiiiiil !
Oooooh, mamaaaan ! Merci, merci !
Il s'en est fallu de peu que je ne puisse pas l'avoir !
J'ai dit au jeune homme qui travaille à l'animalerie que je voulais le chaton blanc, il m'a dit qu'il était réservé... Et quand je lui ai dit que tu t'appelais Aurélie, il m'a dit que Sybil n'était plus réservée, et il me l'a donnée !
Cher Dieu... Chers extraterrestres... Ou en tout cas à qui de droit au ciel ! Merci pour Sybil... Oh ! Et pouvez-vous dire « Joyeux Noël » à mon père, s'il vous plaît ! Ah et dites-lui que je me sens super bien ici.

JANVIER
Complètement légume

Mes résolutions...

1. Aider davantage ma mère avec le ménage. Elle me le demande souvent, et j'avoue que je pourrais me montrer un peu plus copérative... coopérative ?

Voyons, comment ça s'écrit ?

2. Chercher les mots que je ne connais pas dans le dictionnaire.

(Coopérative, voilà ! Déjà une résolution de tenue !)

3. Ne plus me chamailler avec Kat.

4. Ne pas dire à Kat que je trouve Truch prétentieux, affecté, ampoulé, arrogant, crâneur, emphatique, guindé, immodeste, inabordable, insolent, m'as-tu-vu, maniéré, orgueilleux, outrecuidant, pédant, pontifiant, poseur, précieux, présomptueux, ronflant, suffisant, supérieur, vain, vaniteux, vide.

(Ma nouvelle résolution de regarder dans le dictionnaire est une super résolution !
Il y a vraiment plein de synonymes pour décrire Truch !)

5. Améliorer mes notes.

BONUS :
Ne pas trop penser à Nicolas ni avoir le cerveau ramolli par l'amour.

P.S. :
On ne s'est pas donné de nouvelles depuis le 23 décembre !
Arrrrgh !

P. P. S. : Il est peut-être aussi timide que moi.

Mercredi 4 janvier, 19 h 30
Toujours pas de nouvelles de Nicolas.
Edward twilight
Après tout, j'm'en fous de ne pas avoir de ses nouvelles. J'ai vécu 14 ans sans qu'on s'appelle ! Je peux passer les prochaines 70 années comme ça sans que ça ne change rien ! De toute façon, il n'a pas mon numéro de téléphone...
Edward twilight
Aurélie, demain on ira à la quincaillerie choisir de la peinture pour repeindre ta chambre, OK ?
friend.
Jeudi 5 janvier, 18 h 00
Tu veux pas qu'on attende un peu ?
Tu as raison, on va repeindre au printemps...
L'hiver, c'est compliqué, on ne pourra pas ouvrir les fenêtres !
En plus, moi je dois améliorer mes résultats scolaires, toi trouver un copain... Si on passe notre temps à peindre, on va avoir du mal à tout faire !
Aurélie ! C'est lui, le garçon qui m'a donné Sybil !
Merci pour la petite chatte. On **l'adore** !
De rien !
PINCEAUX

Bonjour... France Charbonneau!
Yves Dubuc. Enchanté!
Ça va, Aurélie?
Tu as passé de bonnes fêtes?
Heu... Oui...
Ma mère m'a raconté que tu avais gardé Sybil pour moi! Merci!
J'ai vu que tu craquais pour elle...
Je voulais t'appeler ou te contacter par Facebook, mais j'avais peur que tu me prennes pour un harceleur...
Ouais...
Je te laisse mon numéro chez moi, j'ai pas de portable...
NICO:
Appelle-moi!
Il a l'air cool ton ami!
Ouais, mais je ne suis pas encore prête à tout te raconter...
SUPER PROMO

Vendredi 6 janvier, 14 h 59
Hey !-Kat-tu-m'as-manqué. C'était-cool-tes-vacances-en-famille ?
On se voit tout à l'heure ?
Non, pas possible, je vois Truch. Je ne l'ai pas vu depuis longtemps.
Tu comprends ?
Ouais... je comprends.
Mais j'ai hâte de te voir quand même !
Tu sais quoi, Sybil ? J'avais prévu de lui raconter mon baiser avec Nicolas, mais comme elle préfère voir Truch, je ne lui ferai pas l'honneur de lui révéler mon super gros potin !
Petite vengeance personnelle !
Vendredi 6 janvier, 20 h 30
Oh ! Non... elle tchatte encore ! Pourvu qu'elle ne se fasse pas enlever par un psychopathe...
Internet est une méthode de rencontre très dangereuse... Bon, calme-toi Aurélie... pour l'instant elle ne fait que tchatter !

Samedi 7 janvier, 15 h 00
Je m'emmeeeeeeeeeeerde graaaaaaaaaave !
Les castors passent leur temps à construire des cabanes, ils ont des grosses dents...
Moi qui pensais passer la fin des vacances avec Kat... Elle préfère rouler des pelles à Truch...
... Et je n'ai pas vraiment d'autres vraies amies que je pourrais appeler pour faire des activités sans que j'aie l'air de les prendre pour des bouche-trous.
Samedi 7 janvier, 16 h 30
Bon... j'appelle Nicolas... Oh ! Puis non... Puis si... J'le fais...
Euh... bonjour monsieur, est-ce que... je... pourrais parler à Nicolas, s'il vous plaît ?
Il n'est pas là pour le moment. Je peux lui laisser un message ?
Est-ce que c'est toi, Aurélie ?
Euh... Non, vous vous trompez de numéro. Au revoir !
Mais qu'est-ce que je dis là ?
C'est moi qui ai appelé.
Ch'uis complètement folle !

Quand Nicolas m'a proposé de venir chez lui pour jouer à "Mario Kart", je croyais que c'était une façon détournée de me dire qu'on s'embrasserait encore... Je ne croyais pas qu'on jouerait vraiment à Mario Kart.

Nicolas a gagné... **Je déteste perdre!**

Je crois que j'ai dit: "On joue une autre partie?" et Nicolas a dit: "OK!"... Et à la place de jouer, on s'est embrassés. Puis son frère est entré dans la chambre... et là, j'ai été mal à l'aise. Je suis partie prétextant un RDV chez le dentiste... Nicolas ne m'a pas crue.

Qui a RDV chez le dentiste un dimanche?

Et en partant, je lui ai dit en bafouillant (comme d'habitude) que je ne savais pas comment agir avec lui... Est-ce qu'on s'embrasse à chaque fois qu'on se voit? Est-ce qu'on sort ensemble??? Bref... Je ne sais même pas si j'ai envie d'avoir un petit copain. Alors je lui ai dit que je voudrais juste qu'on soit amis.

Et il m'a répondu: "Comme tu veux!"

Chuis vraiment trop noouuuille!

Lundi 9 janvier, 8 h 24
NON À L'UNIFORME SIGNEZ !
Pas question que je signe la pétition antiuniforme qui circule depuis la rentrée !
J'adooore mon uniforme ! Ça me permet de ne pas me casser la tête quand je me lève le matin !
T'as signé j'espère...
Tu sais qu'un uniforme scolaire, c'est un vrai aspirateur d'âme !
Et elle, son âme n'a pas été aspirée depuis qu'elle est avec Truch ?
DRiiiiiiNG !!!
T'as l'air stressée.
Oui, parce que vendredi on est le 13... et que ça doit être une journée de chance !
Et que ça devient une journée malchanceuse !
Pourquoi ?
Truch sort avec ses amis... Sans moi !
Viens dormir chez moi vendredi, on passera la soirée ensemble !

Vendredi 13 janvier, 20 h 30
Je m'ennuie de Truch... ça fait une semaine que je ne l'ai pas vu !
Et nous, ça fait une éternité qu'on ne s'est pas vues !
Oui, mais toi, tu vas rester mon amie pour la vie. Avec un petit copain c'est différent...
M&N'S
Il peut rencontrer une autre fille plus belle que moi et bang, tout sera fini !
Tu sais que si tu ne t'occupes pas de moi, je peux rencontrer une autre amie tripante !
Tu ne feraich' chamais ça, Aurél' ! Hein ?
Ouais, c'est vrai. Je connais toutes les filles de l'école, et je ne me m'entendrais pas avec une autre que toi !
Kat, il faut que je te raconte un truc... Nicolas et moi, on... on... s'est embrassés la semaine dernière ! Et je ne sais pas trop si j'ai envie de sortir avec lui !
Quoiii ?
T'es nulle de dire ça... Vis tes émotions !
Faut pas avoir peur d'être amoureuse !
meowww !
Ouais, j'sais pas... tu as peut-être raison.

Lundi 23 janvier, 8 h 02
Cool, à cause de la tempête de neige, l'école est fermée pendant deux jours !
Roooooonn
Peace and Love
Mercredi 25 janvier, 9 h 15
Faut que j'appelle Kat pour savoir pourquoi elle n'est pas venue aujourd'hui...
Elle a peut-être la grippe ?
Vivement 16 heures, Nicolas m'a proposé de le retrouver "EN AMIS" à la salle de jeux !
Mercredi 25 janvier, 16 h 28
Yeepeee !
Waooooow !
Mercredi 25 janvier, 17 h 10
Salle de Jeux
J'te raccompagne chez toi... il fait nuit !
Cool... Heu, j'veux dire, merci !
Prix Bas
Hi-hou-hou-hi -hi-hou-hi !
PS : il le met où son chewing-gum quand on s'embrasse ?

Jeudi 26 janvier, midi
Kat est encore absente, dommage...
Je voulais lui annoncer que maintenant je fais partie de sa bande des filles amoureuses !
HAPPY!
Jeudi 26 janvier, 16 h 30
Euh, bonjour Madame Demers, c'est Aurélie, est-ce que Kat est là ?
Elle ne répond pas à mes messages... elle est malade ?
Oui, je crois, elle ne veut rien manger depuis dimanche !
Dites-lui que je passerai demain après les cours !
Vendredi 27 janvier, 16 h 15
Elle est dans sa chambre, elle ne veut voir personne...
Tu auras peut-être plus de chance que moi pour savoir ce qu'elle a !
Qu'est-ce que tu as, Kat ?
La grippe ?
Noooooon !
C'est Truch... il... il m'a... il m'a larguéééée !

FÉVRIER

Perdre les pédales

-Mercredi 1er février :

Comment je vais faire maintenant ? Vu que Kat et Truch c'est fini et que Kat pense que je n'ai pas envie de sortir avec Nicolas ! Pffff !
Elle m'a dit l'autre soir : "C'est toi qui as raison, les mecs sont des abrutis. Je vais devenir comme toi ! Je ne VEUX pas de petit copain ! L'amour, ça fait mal !"

Ouais, c'est plutôt moi qui suis mal en ce moment...
Si Kat ne se rend pas compte que je sors avec Nicolas, tout va bien aller...
Mouais !... Mais j'ai comme l'impression d'être une fausse amie avec elle.

-Vendredi 3 février :

En cours de maths, Kat m'a envoyé un dessin de Truch avec des têtes de mort et des flèches avec écrit (au moins 25 fois) : "Je le déteste !"
Elle était triste, alors j'ai essayé de la faire rire... et Bing !

Bye bye

Je suis ENCORE retournée dans le bureau de Denis Beaulieu !

Kat et moi avons déjeuné ensemble à la cafétéria, c'est quand même mieux que les toilettes !

Kat est vraiment malheureuse depuis sa rupture.

Je me sens coupable mais...
Titilititiiiiiiiiiiiiiiiiii = dérèglement de mon cerveau en présence de Nicolas.

Nicolas, Nicolas, Nicolas, Nicolas,
Nicolas, Nicolas, Nicolas, Nicolas,
Nicolas, Nicolas, Nicolas, Nicolas,
Nicolas, Nicolas, Nicolas, Nicolas,
Nicolas, Nicolas, Nicolas, Nicolas......

Note : M'efforcer de ne pas être dans la lune pendant le cours de français.

Mardi 7 février, 11 h 10
le rôle du cerveau sur la douleur
Hémisphère cérébral droit
Hémisphère cérébral gauche
Cervelet
Coeur
Selon une nouvelle étude, l'attente d'un moment désagréable cause une réelle douleur...
Des neurologues ont découvert que ce genre d'attente active les zones du cerveau associées à la douleur...
Ils ont soumis des cobayes à des décharges électriques administrées après une attente d'une durée imprévisible.
Eh bien, l'attente était tellement déplaisante que le quart des cobayes a préféré recevoir immédiatement une décharge supérieure...
... plutôt qu'une moins forte plus tard !
Ouh là là... Kat va souffrir quand elle saura que je sors avec Nicolas !
Mais je suis totalement à l'opposé des cobayes de l'étude. Je préfère attendre avant de lui dire et repousser ce moment douloureux !
Ce qui prouve encore une fois que je n'ai rien en commun avec la race humaine !

Jeudi 9 février, 19 h 00
Tu vas où ?
Tu sais qu'on dîne dans une demi-heure !
M'man, je sors les poubelles... et je vais faire un tour !
Mais qu'est-ce qui m'a pris de faire un pacte avec Kat cet aprèm ? Ne sortir avec aucun garçon jusqu'au bal de fin d'année... C'est dans deux ans !
Pfff ! Julyanne a signé le pacte aussi, faut dire qu'elle copie tout ce qu'on fait, plus particulièrement ce que je fais depuis l'épisode des hamsters.
Et Kat qui est super contente de protéger sa sœur "contre les forces du mal" : les garçons !
Bon, c'est vrai qu'avant de rencontrer Nicolas je trouvais tous les garçons débiles.
Mais pas au point de les comparer à Dark Vador !
Hey !
Pour le moment, j'ai vraiment l'impression de vivre une relation secrète !
Ne pas oublier :
Tenter de redorer le blason des garçons auprès de Kat.

TOP SECRET
Jusqu'à maintenant, vivre une relation top secrète n'est pas un problème.
Comme Nicolas et moi n'allons pas à la même école, ça facilite les choses.
Mais quand il a voulu venir me chercher à la fin des cours aujourd'hui...
Je lui ai dit non ! (Faut surtout pas que Kat nous voie ensemble !)
Oh là là !
... Dans quoi je me suis fourrée avec ce pacte !
Vendredi 10 février, 16 h 05
On va à la salle de jeux, ça fait trop longtemps que je n'ai pas été sur le Dance Dance Revolution !
Oh ! Nooon, pas possible, Nicolas y va !
Collège -Privé-
Euh, Kat... Ça ne me tente pas la salle de jeux !
Si on allait se mater un film à la maison ?
Ouais !
Vendredi 10 février, 19 h 35
Snif ! Snif !
Il était trop bien ce film !
FIN
Tu sais quoi, je suis sûre que Truch l'aurait détesté.
Alors je me demande pourquoi je suis sortie avec lui, hein, pourquoi ?
Personne ne m'a avertie que les mecs c'est con.
Moi... j'ai essayé !
Tu sais, tu devrais te trouver une passion pour oublier Truch !
Ma passion, je l'ai trouvée... ce sera les chevaux !

Samedi 11 février, 13 h 15
J'ai menti... J'ai dit à Kat que j'allais au cinéma avec ma mère, tout ça pour pouvoir passer l'après-midi avec Nicolas...
Je vais te dire un secret, Sybil, Nicolas il est trop... trop... Titilitiiiiiiiii !
Samedi 11 février, 13 h 35
Ça devient compliqué de mentir pour ne pas faire souffrir... Pfff !
Samedi 11 février, 13 h 50
J'ai vraiment l'impression de ressembler à Bambi, dans la scène où il a du mal à retrouver l'équilibre sur un lac gelé.
Allez... viens !
Titilititiiiiiiiiiii
Samedi 11 février, 14 h 20
Ooooh, meeeerde ! Kat !
Hééééééé !

???
Aurélie ?
Qu'est-ce que tu fais là ?
T'es pas au cinéma avec ta mère ?
Euh... Finalement, ma mère avait... Euh... pouvait pas, alors je suis venue patiner !
Toute seule ?
Euh... Oui... j'avais besoin de bouger !
Ah ?
Et toi, qu'est-ce que tu fais ici ?
Je me sentais un peu triste et je suis venue traîner dans le parc !
Je récupère mes chaussures et on se fait un film chez moi ?
Oh ! Oui... On loue un autre film avec des chevaux !
Hé ! Nic... salut !

Dimanche 12 février, 10 h 15
Je suis une terrible personne !
Il faudrait peut-être que j'appelle Nicolas pour m'expliquer.
Il ne doit pas comprendre pourquoi je l'ai poussé dans la neige en le laissant là, sans rien dire !
Dimanche 12 février, 15 h 00
L'animalerie est ouverte le dimanche, peut-être que Nicolas est là ?
C'est mieux de lui parler en face qu'au téléphone !
Bon débarras !
Euh... je voulais m'excuser pour hier !
Non, t'inquiète... C'est de ma faute. Tu m'avais dit que tu ne te sentais pas prête pour sortir avec quelqu'un...
Euh non, c'est pas ça...
Hier, je voulais t'embrasser... et tu t'es sauvée...
Nooon... Je veux qu'on sorte ensemble !

Mardi 14 février. 19 h 00... Nicolas vient de m'appeler pour me souhaiter une bonne Saint-Valentin. Il a compris que j'avais plusieurs choses en tête en ce moment. Surtout à cause de ma meilleure amie.
Je vais tout avouer à Kat bientôt. Mais pour l'instant, ça vaut la peine de garder le secret...
et maintenant... J'ai officiellement un mec !!!
Officiel sauf avec Kat !!!
Kat a été triste toute la journée, elle pense encore à Truch.
Ce matin, pendant le cours, elle a déchiré en mille morceaux un cœur en carton.
Attention danger !!
Ma mère a un RDV galant ce soir... un type qu'elle a rencontré sur Internet. Elle est inconsciente, elle peut tomber sur un maniaque.
J'vais fouiller dans son ordi quand elle sera partie !
Mardi 14 février, 19 h 35
Je ne sais pas ce qui m'arrive, Sybil.
Je suis devenue menteuse et fouineuse de vie privée !
Mardi 14 février, 19 h 45
Je suis sûre qu'on a mis dans l'eau du robinet un ingrédient radioactif et ça me fait ressembler aux méchants comme dans les BD.
Il faut que j'arrête de boire avant de faire quelque chose de mal !
J'ai une idée !
Si Kat sort avec un autre garçon, elle va recommencer à croire en l'amour ! Donc si je lui en trouve un (je ne sais pas encore qui) tout sera réglé !
Et là, moi, pour faire comme elle, je lui dirai qu'il me faut un petit copain aussi...
Et comme ça plus besoin de me cacher avec Nicolas !
Titilitilitiiiiiiiiiii

Jeudi 16 février, 19 h 10
C'est le dixième verre d'eau que tu bois ?
Euh... j'ai fait un petit malaise cet après-midi en cours.
Un malaise ?
C'est rien. Je pense que c'est parce que je n'ai pas bu depuis deux jours...
J'ai un rendez-vous galant demain soir, mais j'en ai marre de ne rencontrer que des vieux ennuyeux.
Je pense que je n'irai pas ! J'abandonne.
Bon enfin !... Elle a compris !
Et toi, ma chérie, tu as un petit ami ? Tu ne me racontes plus rien.
Peut-être que je pourrais lui parler de Nicolas ? Oh non... Ah, et puis oui ! Tant pis !
En fait, euh... tu sais, le garçon qui t'a vendu Sybil, Nicolas, on l'a croisé à la quincaillerie... ben, euh... je sors avec lui !
Aaaah ! Alors comme ça, ma grande fille est amoureuse ?
AMOUREUSE Mais oui, ça explique pourquoi mon cerveau fait Titilititi !

Mercredi 22 février, 9 h 30
CLUB-PACTE
Ne sortir avec AUCUN garçon jusqu'au bal de fin d'année de seconde !
KAT
Bulletin d'inscription
Oh ! Non !
Kat a fabriqué des flyers pour faire entrer des filles dans notre club-pacte.
Ça urge, il faut que je présente Kat à Raphaël, l'ami de Nicolas !
Vendredi 24 février, 17 h 10
Bon, Nicolas est averti, il doit dire à Kat qu'on est juste amis, car si Kat nous voit nous embrasser...
ça va être le drame !
OUVERT
Je suis sûre que Nicolas tripe encore sur toi, vous vous êtes roulé une pelle une fois, tu sais, tu m'en avais parlé !
K2000 GTI-TURBO
Ah... Euh... Oui... mais c'est vieux ça !
Salut !
Salut ! Je vous présente mon ami Raphaël.
Salut !
Oh ! Nooon, c'est Truch !
Ha ! Ha ! Ha !
Ha ! Ha !
Ha !

Mars
Péter un plomb

Il s'est passé pas mal de choses depuis le 24 février.
Bon, en premier à la salle de jeux :

Ça n'a pas été le coup de foudre entre Raphaël et Kat. Faut dire qu'il a un humour spécial. Kat lui a dit qu'elle aimait les chevaux. Il lui a répondu : "Ça se voit, t'as leur haleine... Ha ! Ha ! Cassé !"

No comment !

Puis après, Kat et moi on a croisé Truch. Je lui ai dit en face que c'était un pédant, et que s'il ne savait pas ce que ça voulait dire, il n'avait qu'à ouvrir un dictionnaire. Et j'ai rajouté : "T'sais, c'est le livre qui est juste un peu moins gros que ta tête !"
Et Kat a rajouté : "Et pire que pédant... Tu pues des pieds !"
On est parties en courant. Et en riant.

Bon, c'est le samedi 25 février que ça s'est gâté :
Nicolas et moi on se promenait dans le parc, je voulais lui dire que je l'aimais. Et avant de lui parler, on s'est embrassés... Mais... Mais ... Julyanne est arrivée avec deux copines. LA CATA ! Julyanne m'a parlé du pacte, elle m'a dit que je venais de trahir sa sœur. Nicolas m'a demandé si j'avais honte de lui... Bref, j'aurais voulu me transformer en bonhomme de neige...

Julyanne m'a laissé deux semaines pour dire à Kat que je sors avec Nicolas.
(C'est grâce à l'épisode hamsters que j'ai eu ce délai).

TOMMY
NICOLAS

J'ai tout expliqué à Nicolas... le mensonge à Kat, le pacte... Après, (en claquant des dents à cause du froid), je lui ai dit : "Je (claque claque-claque) t' (claque-claque-claque) aime (claque-claque-claque)."
Et il m'a répondu que lui aussi... Titilititiiiiiiiiiiiiiiiiiiiiiiiiiii !

Vendredi 3 mars : À partir de demain c'est les vacances !

YEAAAAAAAAAH !

Samedi 4 mars, 10 h 00
M'man, tu sais, j'ai foiré un travail en géo.
Hier, le prof nous a demandé de raconter la théorie du commencement de l'univers...
Et alors ?
Ben j'ai dit que, un être supérieur, genre Dieu ou un extraterrestre, mais façon grosse masse de matière, a éternué...
Tu sais, lorsqu'on éternue, y a des petites bulles de morve et de salive qui gravitent autour de nous. Eh ben, ces bulles sont remplies de microbes et sont comme des petits mondes, des petites planètes, des univers...
Ce qui dure une seconde pour nous est peut-être comparable à des milliards d'années pour les microbes dans nos bulles de morve...
Tu vois ?
???
Le big bang est en fait un "atchoum" du dieu ou de la grosse masse plus grande que nous.
Mouais... Pas étonnant que tu aies coulé. Bon tu es prête pour repeindre ta chambre ?
Samedi 4 mars, 14 h 00
Kat... Arrête de pleurer. Truch va disparaître de ton esprit quand tu vas le décider !...
T'as qu'à souffler dessus et son image va faire pouf !
ROUGE

Mardi 7 mars. 10 h 00.
Oh là là, il ne me reste que quelques jours pour annoncer à Kat que je sors avec Nicolas. J'peux pas lui dire maintenant, elle est complètement détruite avec son histoire avec Truch.
Elle pense que sa vie n'a aucun sens sans lui... Pffff !
TIC TAG
Nico
TIC TAG
Snif!
Tru
sh
Mardi 7 mars, 17 h 00
C'est cool que tu sois venu m'aider !
Comme ça on peut être ensemble !
Mardi 7 mars, 17 h 30
Nicolas, tu restes dîner, OK ?
Mardi 7 mars, 19 h 15
À 7 ans, Aurélie était gênée de faire pipi dans les toilettes publiques, un jour elle est revenue à la maison...
Hi ! Hi ! elle avait la culotte trempée !
Bon, merci maman
pour ces belles anecdotes très instructives à mon sujet !
Mardi 7 mars, 20 h 00
Tu sais, quand tu viendras dîner chez-moi, tu auras droit aussi à des anecdotes sur mon enfance !
Allez... Raconte !
Au primaire, j'ai été obligé de porter pendant six mois un appareil dentaire qui s'attache sur la tête !
Waow !
Ha ! Ha !
Ha ! Ha !

Jeudi 9 mars, 15 h 00
Oh, c'est beau, ça change !
Merci ! Mais... ça pue la peinture, hein ?
J'aère, ça pue trop !
Nooon !
Sybiiil !
Sybiiil !
Sybil !
Sybil !
Jeudi 9 mars, 18 h 15
Personne n'a vu Sybil...
J'avais juré de la protéger.
Je suis la pire personne de l'univers !
On va la retrouver, ne t'inquiète pas !
Dinding !

Jeudi 9 mars, 18 h 20
Euh... C'est ton chat ?
Sybiiiil !
Petite coquine...
Ne nous fais plus des peurs comme ça !
Je t'ai entendue hurler Sybiiil...
J'ai pensé que c'était le nom du petit chat qui est entré chez nous !
Je m'appelle Tommy !
Moi c'est Aurélie !
Je ne t'ai jamais vu dans le quartier...
Je viens juste d'emménager dans la maison à côté !
Merci d'avoir retrouvé mon chat !

-Lundi 13 mars, 19 h 30

Je suis partie comme une lâche devant Kat. Et en rentrant, ma mère m'a annoncé qu'elle sort avec son boss, François Blais, (enfin c'est le type qui a remplacé son ancien boss parti à la retraite). Au secours ! Ma mère a un petit ami ! Son boss ! Euh... Harcèlement sexuel au travail ? **Beurk** !

S.O.S.

C'est Satan cet homme !

Mardi 14 mars, 10 h 40
Calcul algébrique
C'est trop cool que tu sortes avec Nicolas !
T'es pas fâchée alors ?
Je... je suis encore... ta meilleure amie ?
T'sais, je vais avoir 15 ans et je crois qu'une de nous deux doit être mature !
Et puis, pour te dire la vérité, je n'ai plus de place dans mon cœur pour des émotions négatives !
Je... je ne voulais pas te faire de la peine.
Oui, je sais, et ça me touche !
Tu m'invites à ton anniversaire quand même ?
OK, mais tu viens toute seule, y aura juste toi, moi, Julyanne et mes parents.
Yesss ! on reste les meilleures amies du monde pour la viiiiiie !
Laflamme et Demers,
vous vous croyez où là ?
Allez faire un tour chez le **directeur** !

Vendredi 17 mars, 18 h 35
18h35
Vendredi 17 mars, 18h 35
Aurélie
François est déjà là.
Késtufous ?
Maman
Meeerde, faut que j'y aille, j'avais oublié que ma mère me présente son petit copain...
Revolution
Jouer
Rien que de penser qu'il voit ma mère en string, ça me dégoûte !
N'oublie pas que demain c'est mon anniv' hein !
Vendredi 17 mars, 19 h 05
Hum... c'est le moment pour une vengeance...
Ma mère enregistre "Les Feux de l'amour" TOUS les jours.
Elle pense que des gens fouillent virtuellement dans son ordi pour l'espionner...
... Et elle pète quand elle a le fou rire !
Aurélie ???
Vendredi 17 mars, 22 h 00
François t'a trouvée super...
Et puis, en passant, j'ai compris la leçon, on ne dit plus nos petits secrets !
OK !
Maman... Je suis contente pour toi.
Même si cet homme est clairement le diable réincarné...

Samedi 18 mars
Mon pendentif cheval a bien plu à Kat, même s'il n'avait pas été emballé (c'est mon côté écolo... Enfin, pour dire la vérité, j'avais pas trouvé de papier cadeau)...
Par contre Kat a été déçue quand ses parents ont fait venir un clown, elle qui pensait avoir un cheval ! Bon, elle a quand même eu un stage d'équitation pendant un mois cet été !
HAPPY B-day
Mardi 21 mars, 14 h 50
Laflamme, vous faites quoi, là ?
On joue au foot !
Excusez-moi, j'ai eu un moment d'inattention !
Allez faire un séjour chez le directeur !
Hi hi hi !
Hi hi hi !
J'vous jure que j'étais dans la lune et que, l'espace d'un instant, j'ai cru qu'on jouait au basket !
Mardi 21 mars, 14 h 59
Aurélie, je vais te dire un secret. Je trouve que tu es une fille intelligente, peut-être la meilleure élève de cette école...
Moi ? Vous devez vous tromper !
Non, je le pense vraiment !
Le problème avec toi, c'est que tu fais ton clown tout le temps, j'aimerais que tu t'appliques...
Je crois que j'ai un dérèglement chimique !

Mercredi 22 mars

Je n'ai plus de vie. Je n'ai plus le droit de regarder la télé.
Je dois améliorer mes résultats si je veux voir Nicolas. Pffff ! Je suis vraiment écœurée

J'ai présenté Tommy à Kat = Pas de connexion entre eux !

Avec Nicolas, on a parlé une heure au téléphone... Tilitililtilliiiiii !

Vendredi 31 mars, 14 h 13

Aujourd'hui on n'a pas cours et comme j'ai eu une bonne note en géo, j'ai le droit d'aller avec Tommy et Kat voir un enregistrement à MusiquePlus. Dommage, Nicolas travaille...

Mille miettes

– Samedi 1er avril –

7 h : Avec un peu de chance, l'animatrice aura bafouillé juste au moment où Tommy m'embrassait et MusiquePlus ne diffusera pas cette partie de l'émission.

7 h 15 : Ou encore, le cameraman ne filmait plus dans notre direction.

8 h 20 : À moins que j'appelle MusiquePlus pour leur demander (gentiment) de ne pas diffuser cette séquence.

(Si je leur explique, ils vont comprendre !)

8 h 25 : Si j'explique la situation à Nicolas, il pourrait comprendre aussi… Après tout, ce n'est pas moi qui ai embrassé Tommy. De toute façon, je l'ai clairement repoussé.

8 h 30 : Nicolas a peut-être vu l'émission en direct hier ? Non… il travaillait, ouf !

8 h 31 Me renseigner à quelle heure passent les redifs ?

8 h 40 : Je vais inviter Nicolas au cinéma et je lui raconterai tout.

VACANCES ÉTÉ

Bientôt mon Birthday
15 ans Yeupeee !

Samedi 1er avril, 17 h 00
Nicolas... C'est Aurélie... Euh... il faut vraiment que je te parle !
Passe chez moi, on va regarder un film avec mon frère, ça peut être cool !
Samedi 1er avril, 18 h 30
Dieu, si vous existez, faites que tout ça soit un rêve ou plutôt un cauchemar et que je me réveille avant-hier...
C'est de ça que tu voulais me parler, Aurélie ?
Quinze minutes plus tôt !
Samedi 1er avril, 18 h 15
Un bon film de vampires, ça va être cool !
Hé ! On dirait que c'est toi à la télé, Aurélie !
C'est vrai ! C'est toi, avec Kat... Et le mec, c'est pas ton voisin ?
Hein ? Euh... Changez de chaîne... Je suis gênée de me voir à la télé !!!
Ils n'ont pas filmé le passage où je donne des coups de sac à Tommy...
Comment Nicolas va me croire maintenant ?

Dimanche 2 avril, 14 h 30
Aurélie, quelqu'un pour toi… c'est Tommy.
C'est pas vrai, je lui ai dit que je ne voulais voir personne… je
dépriiime !
Au… Je m'excuse… pour… MusiquePlus…
Calm and call a friend.
Avec mon petit copain, on s'est disputés à cause de toi !
À cause de moi ?
Oh ! Non… Je vais aller lui parler si tu veux !
MEOW
14 h 40
Aurélie, encore quelqu'un qui veut te parler !
Ah ! Salut !
J'étais venu m'excuser mec…
Pour… Euh… en fait, c'est toi qu'elle aime !
Bye !
Keep Calm and call a friend.
Après une loooongue explication,
Nicolas m'a dit qu'il serait con de ne pas
me pardonner si moi j'ai réussi à pardonner
à quelqu'un qui m'a embrassée contre mon gré.
Ouf ! Mais on dirait qu'il y a quelque chose
de brisé entre nous et je me sens mal.
Ne pas déranger
Ne pas oublier d'engueuler ma mère.
C'est vrai, elle fait rentrer mes amis dans
ma chambre comme ça, sans me prévenir !

Lundi 3 avril, 10 h 00
T'as l'air stressée !
Oui, c'est à cause des oiseaux...
Depuis que le printemps est arrivé, ils me réveillent chaque matin avec leurs gazouillis.
Je déteste les oiseaux !
J'peux avoir un autographe ?
Je t'ai vue à MusiquePlus, super cool !
J't'ai vue à la télé !
Moi je pense que tu es stressée à cause de Nicolas et non à cause des oiseaux !
Non, Nicolas m'a pardonné, d'ailleurs je le vois samedi au parc !
Samedi 8 avril, 14 h 07
Mes copains se foutent de moi depuis qu'ils t'ont vue à la télé embrasser l'autre mec !
J'suis désolée. C'était pas de ma faute !
Aurélie, j'peux pas continuer avec toi...
J'vais m'ennuyer de toi car t'es la fille la plus tripante... mais, c'est comme ça !
C'est fini !
Arrrggghhh !
Je déteste LES OISEAUX !!!

Dimanche 9 avril, 15 h 00
Miss Magazine
Comment aider une amie en plein chagrin d'amour ?
Il y a 5 étapes importantes à traverser :
Le déni.
La colère.
La culpabilité.
La tristesse et l'acceptation.
Snif ! Snif !
J'peux aller péter la gueule à Nicolas, si tu veux !
Non ! La violence n'arrange rien !
Le pire dans cette histoire, c'est qu'il a cassé juste avant qu'un oiseau fasse caca sur ma tête...
La dernière image que Nicolas a de toi... c'est une crotte ! Ha ! Ha !
Moi je me suis bien remise de mon chagrin d'amour avec Truch.
Tu vas y arriver aussi !
Tiens, prends un bonbec !
Ch'arrête pas d'envoyer des mechages à mon cherveau, en lui disant d'effacher Nicolach... Mais j'y arrive pas, che pense tout le temps à luich !
Dimanche 9 avril, 19 h 00
MOTEUR DE RECHERCHE
Comment changer l'image que notre ex a de nous si un oiseau nous a fait caca dessus pendant qu'il nous larguait.
Pfff ! Il est nul ce moteur de recherche... Il vient de me répondre : "Aucun document ne correspond aux termes de recherche spécifiés"...

Vendredi 14 avril, 11h00 : c'est le week-end de Pâques
C'est pour toi !
Oh, merci !
On va au parc ?
Il m'aime, un peu, beaucoup... Nicolas, pas Tommy !
NE PAS MARCHER
Oublie-le !
Qui ça ?
Nicolas !
Pfff ! Je l'ai oublié depuis longtemps !
Ouais, c'est ça, t'effeuilles tes marguerites en pensant à lui !
T'as tout gâché !
?
Tout ça c'est ta faute...
Je te souhaite juste qu'un OISEAU fasse CACA SUR TA GUITARE !
Première étape expérimentée :
(lue dans "Miss Magazine") :
Le déni. Oui j'ai menti quand j'ai dit que je ne pensais plus à Nicolas.

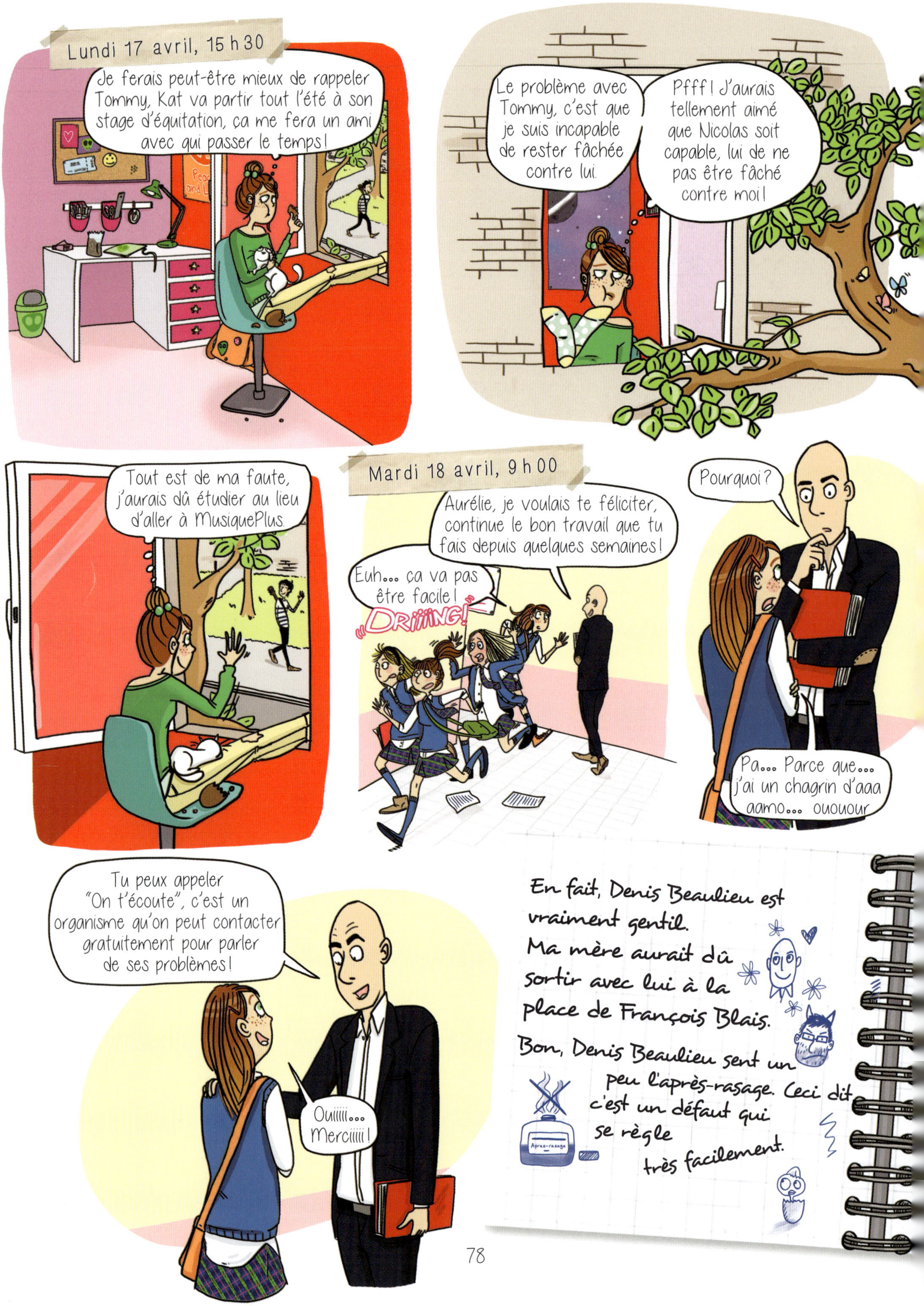
Lundi 17 avril, 15 h 30
Je ferais peut-être mieux de rappeler Tommy, Kat va partir tout l'été à son stage d'équitation, ça me fera un ami avec qui passer le temps!
Le problème avec Tommy, c'est que je suis incapable de rester fâchée contre lui.
Pfff! J'aurais tellement aimé que Nicolas soit capable, lui de ne pas être fâché contre moi!
Tout est de ma faute, j'aurais dû étudier au lieu d'aller à MusiquePlus.
Mardi 18 avril, 9 h 00
Aurélie, je voulais te féliciter, continue le bon travail que tu fais depuis quelques semaines!
Euh... ça va pas être facile!
DRiiiiNG!
Pourquoi?
Pa... Parce que... j'ai un chagrin d'aaa aamo... ououour
Tu peux appeler "On t'écoute", c'est un organisme qu'on peut contacter gratuitement pour parler de ses problèmes!
Ouiiiii... Merciiiii!
En fait, Denis Beaulieu est vraiment gentil.
Ma mère aurait dû sortir avec lui à la place de François Blais.
Bon, Denis Beaulieu sent un peu l'après-rasage. Ceci dit c'est un défaut qui se règle très facilement.
Après-rasage

Mardi 25 avril, 16 h 35
Pendant ton chagrin d'amour, tu as appelé "On t'écoute"?
Collège Privé
Collège -Privé
Oui, ça m'a bien aidée!
"On t'écoute", ils sont tous trop nuls!
TOUT LE MONDE m'énerve en ce moment!
T'es en pleine étape colère, c'est parfait! C'est dans le processus de la séparation!
Tu veux un scoop!
Ma mère part un mois en France avec François Blais, son amoureux!
Rien que tous les deux, sans moi! Soi-disant pour un voyage d'affaires!
Je les DÉTESTE!
Et TOI! Tu pars en camp d'équitation... Et MOI je vais passer tout l'été au camping avec mes grands-parents!
J'EN AI MARRE!
Ma mère croit qu'aller faire du camping avec le troisième âge, ça me fait plaisir...
Elle se met le doigt dans l'œil!
Et puis Nicolas aussi m'éneeerve!
Je vais l'appeler pour le lui dire!
Non!
Fais pas ça, n'appelle pas, tu vas passer pour une folle!
Je veux juste déménager SUR UNE AUTRE PLANÈTE!
LOVE
Récap:
Bon, j'ai expérimenté la culpabilité, la tristesse et la colère... avec une étape floue, non décrite dans "Miss Magazine": émotions mélangées de déni-tristesse-colère-tristesse-culpabilité-tristesse...

-Vendredi 28 avril, 22 h 00 :

Cet après-midi j'ai fait quelque chose sans réfléchir. Je me suis enfuie du collège pour aller rejoindre ma mère à son travail. J'ai couru, couru, couru. En courant, tous les événements des derniers mois se sont bousculés dans ma tête : mon 1er amour, mes mensonges à Kat, le premier petit ami de ma mère depuis le décès de mon père, Tommy mon voisin fatigant devenu mon ami, mes mauvais résultats scolaires... Arrivée devant ma mère, je lui ai dit de ne pas annuler son voyage avec son amoureux. Je veux qu'elle soit heureuse.

Je vais avoir 15 ans cet été, et il est temps que je devienne mature !

Kat m'a dit qu'avoir de la peine ça fait partie de la vie. Parfois on vit des choses diff-ciles, mais il faut passer par-dessus et continuer à rêver...

Dernières étapes : la tristesse et l'acceptation
Hummm... pour celles-là, je crois que ça va prendre un peu plus de temps, car si j'arrive à avoir un peu moins de peine, je n'oublierai jamais Nicolas.

Et c'est tant mieux !

MUSIC PLUS
5/18 × 631 =
ROUGE
Miss Magazine
je t'aime
un peu
BOUM!
BOUM!
beaucoup
TIC TAC
nico
TIC TAC
à la folie
pas du tout
Bye bye !
PERDU
chaton